KB270497

지하철 유실물

지은이 | 노승헌
펴낸이 | 손상목
펴낸곳 | 도서출판 인디북
공급처 | 도서출판 아가돼지
편집 | 김연순 신선균 김민기
디자인 | 디자인캠프

초판1쇄 인쇄 | 2004. 3. 15
초판1쇄 발행 | 2004. 3. 19

등록일자 | 2000. 6. 22
등록번호 | 제 10-1993호
주소 | 서울시 마포구 현석동 105-56 3층
전화번호 | 02 · 3273 · 6895~6
팩스번호 | 02 · 3273 · 6897
홈페이지 | www.indebook.com

ISBN 89-89258-92-8 03810
잘못 만들어진 책은 구입처나 본사에서 교환해 드립니다.

지하철 유실물

NoPD 지음

인디북

사물 ~ object
추억 ~ memories
미래 ~ future
사랑 ~ love
일상 ~ ordinary

작가의 말…

1978년 대한민국 국적을 취득했다. 어머니 아버지께서 나를 세상에 내놓으신 그 순간 나는 대한민국 국적을 취득했다. 그로부터 만 25년을 줄곧 대한민국 수도 서울에서 지내 왔다. 그래서인지 '시골', '전원' 이라는 단어는 절대 나와 어울리는 단어가 아니라는 생각을 많이 한다. 곧게 올라간 콘크리트 건물이 내겐 더 익숙하고 지하철의 시끄러운 소음과 버스의 브레이크 소리 그리고 서울을 가득 채운 뽀얀 스모그가 내겐 더 익숙하고 친숙한 녀석들이다.

1997년 대학을 입학하면서부터 지하철이라는 녀석은 나와 뗄래야 뗄 수 없는 관계가 되고 말았다. 물론 그전에도 도심 진입에 가장 편한 게 지하철이었던지라, 간혹 이용하곤 했지만 대학 입학 후로는 학교에서 우리 집을 연결해 주는 최단 코스가 바로 지하철이었기 때문에 더욱 가까워졌다. 내 기억에 남아 있는 때부터 생각해 보면

국철과 1호선, 그리고 2호선으로 시작했던 조그마한 서울의 지하 네트워크는 3, 4호선을 거쳐 5, 6, 7, 8호선 그리고 지금 공사중인 9호선까지 서울의 지하를 완전히 들쑤셔 놓을 정도로 방대해져 버렸다.

어린 시절부터 유독 차멀미가 심했던 나는 깔끔한 시설과 세련된 모습의 지하철을 무척이나 좋아했다. 승하차시의 안전함과 깨끗한 실내 인테리어(?)는 지하철만이 줄 수 있는 매력이다. 버스의 공도질주와 같은 짜릿함, 택시의 스릴 넘치는 운행은 물론 없다. 같은 장소로 접근하더라도 유동인구를 감안한 노선의 움직임 때문에 시간이 더 걸리기도 한다. 그래도 난 지하철이 좋고 지하철을 탄다. 지하철이 주는 묘한 매력과 그 안의 생동감을 느껴 본 사람이라면 누구라도 나와 같은 선택을 할 것이다.

지하라는 공간은 사람에게 갑갑함을 느끼게 한다. 하지만 그렇게 막혀 있는 만큼 사람에게 생각할 시간을 준다. 현대인은 자기 혼자만의 생각을 할 시간이 너무 적다. 흔들리는 버스에서 다른 사람의 표정을 읽는 것은 쉽지 않다. 혼자 깊은 생각을 할 수 있는 곳, 그곳이 바로 지하철이다. 처음 지하철 사진을 찍기 시작했을 때를 회상해 보면, 그렇게 지하철에서 내가 하는 생각들이 잠시 머릿속에 전기적 신호로 저장되었다가 소멸되어지는 게 싫었던 것이 아닌가 싶다. 생각을 작은 프레임 속에 이미지와 글로 남기게 된 것은 어찌 보면 나를 보여 주고 싶어하는 욕구의 발현이었던 것 같다.

지하철의 일상을 담은 내 사진들이 굉장히 좋은 사진이라
고 생각하지는 않는다. DCInside, Raysoda, DIZIN 등
의 유수의 디지털카메라 사이트를 살펴보면 정말 아마추
어라고 보기엔 너무나도 잘 찍은 작품들이 많다. 그런
사진들을 보고 있자면 내 사진들이 좀 촌스럽고 어설프
게 보인다. 하지만 도시인들의 '일상'을 담고 같이 느
낄 수 있는 사진, 그리고 상념을 끄적인 어설픈 글이
합쳐져서 나름대로 쳇바퀴 속을 도는 도시의 동행인
들에게 공감을 줄 수 있지 않을까 싶다.

마지막으로 이렇게 책이 나오기까지 애써 주신 인디
북 관계자 여러분들께 감사드리고, 별거 없는 지하
철 블로그를 찾아 주시는 많은 블로거들에게도 감
사를 드린다. 내게 사진이라는 세계를 알게 해 준
한양대 디지털카메라 동호회 여러분들에게 깊은
인사를 드리고 싶고, 특히 내가 존재하게 해 주신
부모님께 감사하고 싶다. 아무쪼록 이 책을 보는
모든 분들이 웹상의 블로그에서부터 지면에 이
르기까지 내 사진, 글에서 작은 공감을 찾을 수
있기를 간절히 바란다.

노승헌

차례

[o b j e c t s]

광고 | Disable | 생각 | No carrier | 발판 | 왼손잡이 | 대칭 | 평행 |
미디어의 홍수 | 가판대 | 늦은 상념 | 미완성 | 서울역 | End of my Road | 무임승차 |
점자 | 벽 | 끼어들기 | 잔인함 | Vending machine | Stop and continue | 도시락 |
Lost in memories | 추억 | Leave | 대란 Ⅰ | 대란 Ⅱ | 복고풍 |

01

사물

불균형, 한쪽으로 너무 많이
치우쳐 버린 현실이 밉다.
의자 하나를 차지하기 위해
치열하게 싸우는 그림자 속에
누군가가 있어야 할 공간이
뒹굴고 있다.

광고

IMF는 아니라고 하는데,
사람들 어깨는 추욱 늘어져 있다.
불경기, 취업대란, 물가상승, 중동정세, 대선자금…
이젠 듣기도 지겨운 말들이다.
한 걸음 내디딜 때마다 내 목을 옥죄어 오는 녀석들
가 나를 더욱 비참하게 한다.

한쪽으로 너무 많이 치우쳐 버린 현실이 밉다.
의자 하나를 차지하기 위해
치열하게 싸우는 그림자 속에
누군가가 있어야 할 공간이 뒹굴고 있다.
한 치의 틈도 없던 그곳에…
차가운 그림자 속 그곳에,
누군가를 기다리는 공간이 뒹굴고 있다.

그렇게 우리의 가슴도 비어 간다.
그래서 인간은 이기적인 동물인가 보다.
고상한 얼굴 뒤에 비워져 버린 뜨거운 가슴은
인간 역시 한낱 ANIMAL 임을 증명해 준다.
그렇게 비워 버리면 다시는 찾지 못할 열정을
너무나도 당연하게 비워 버린다.

Disable

내가 아는 단어 중에 정말 잔인한 단어가 있다.
잠이 덜 깬 눈으로 부스스한 머리를 쓸어 올리며 발을 떼면,
꼭 4개씩 더도 덜도 아닌 꼭 4개씩 보인다.

더 따뜻한 단어는 없었을까?

영어는 너무 차갑다.
마음이 담기지 않을 것만 같은 게 영어다.
실용적이라 그런지 너무 함축되어 있는 것 같다.
그래서 더욱 잔인하게 느껴지는 것 같다.

그분들은 더 힘들어질 것 같다.
내가 그 단어와 연결된다면
아마도 더 힘들어질 것 같다.
마치, 강제로 페이지를 나눈 것처럼 보일지도 모르겠다.
넘어갈 수 없는 선이 있는 것처럼 보일지도 모르겠다.
어제도, 컴퓨터를 손보다가 그 단어를 봤다.
생각 없이 Enable로 바꿔 버렸다.

이따금 그런 것들은 우리말로 적었으면 한다.
마음이 담긴 우리말로 적었으면 한다.

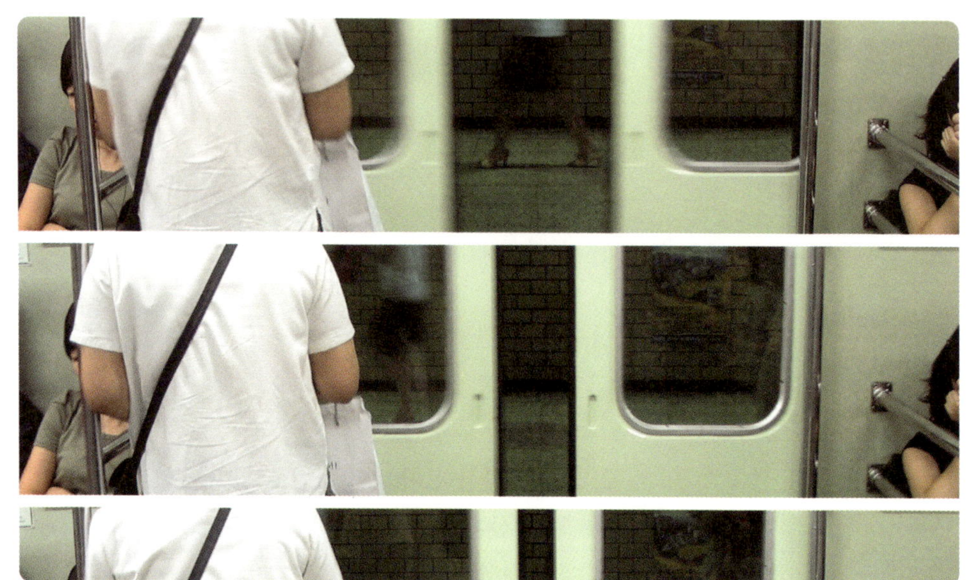

생각

한없이 어렵게만 바라보면 인생도
어려운 모습만 보여 준다.
편안하게 바라보면 꽤나 편안하게 내게 온다.

그래서,
늘 깨어 있는 눈빛으로 바라보면 좋을 것 같다.
인생이 내게 다가오기 전에 내가 깨어 있다면
인생을 내 것으로 만들 수 있지 않을까?

닫히는 문. 그리고 열리는 문.
지나치게 깊은 생각과 근심은 생각을
경직된 방향으로 던져 버린다.
거꾸로 생각하면 닫히는 문은 하나도 없는 건데…
마음이 문을 닫아 버리고
깊은 생각이 문을 닫아 버린다.

다시 바라보자.
그리고 뒤집자.
깨어 있는 내 눈빛이 인생을 사로잡을 테니까.

No Carrier

귓속을 파고드는 시끄러운 기계 마찰음 가득한 곳에서
누군가에게 손을 뻗어 봅니다.
아무런 대화도 없이 풀려 버린 눈의
사람들 틈에서 답답함을 잊어 보려,
어색함을 깨어 보려 누군가에게 손을 뻗어 봅니다.

쉴 새 없이 여기저기 뻗은 손을 잡아 주는
누군가가 있다는 것만으로
혈액 속의 엔돌핀이 빠르게 퍼져 나갑니다.

삭막하고 밀폐된 규칙적인 소리만이
따분한 공간 속에서 내 방 안,
내 안식처를 찾은 것처럼 모두가 남남인 시간,
혼자만의 편안함을 즐겨 봅니다.

글자 속에 마음을 담아 즐거움을 느껴 봅니다.

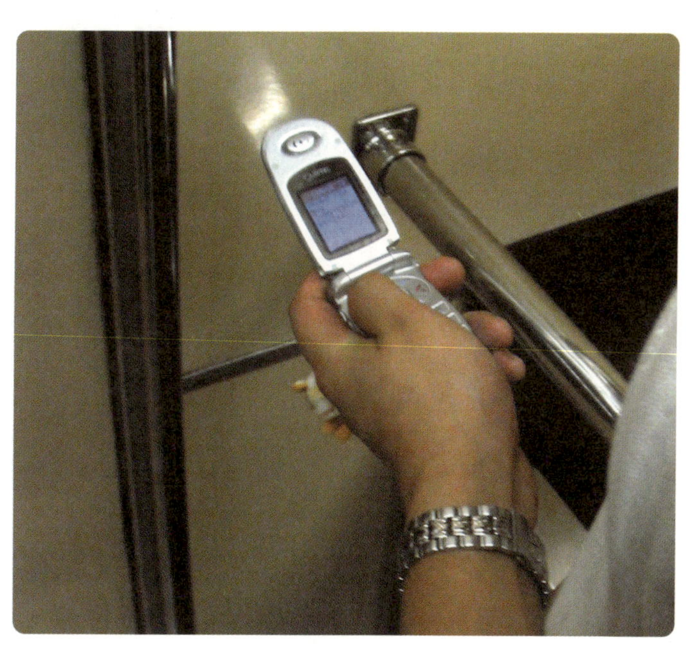

발판

언제부터인가 묵묵한 사람들이 참 좋아졌습니다.
내가 그렇지 못하기 때문에 그런 사람들이
더 좋아지나 봅니다.

잘 보이는 곳에 있지는 않지만
언제나 든든하게 내 뒤에 서 있어 주는 사람들.
그런 내 친구, 부모님, 형제…
셀 수 없이 많은 사람들이 말없이 저를 바라봐 줍니다.
나 역시 누군가에게 그런 사람이 되어 주고 싶지만
아직 많이 모자란가 봅니다.
가만히 웃음 지어 줘도 든든한 사람
있는 듯 없는 듯 늘 그 자리에 있는 사람
같이 흥분하기보다는 묵묵히 술 한 잔 따라 주는 사람
재미없지만 잘 자라고 문자 한 줄 보내 주는 사람
늦은 지하철에서 어깨를 빌려 주는 사람
전 그런 사람들이 참 좋습니다.
이제, 저도 그런 사람이 되고 싶습니다.

내가 느끼는 이 따스함을,
누군가 나로 인해 느끼게 해 주고 싶습니다.

왼손잡이

초등학교에 처음 입학했을 때 배운 좌측통행.
왜 좌측통행을 해야 하는진 몰랐지만
그때부터 그냥 좌측통행을 해 왔다.

가끔 횡단보도를 건널 때면
좌측통행이 무서워지곤 한다.
차가 달려오는 방향으로 서서 건너라고?

인도를 걸어가면서
차도를 매섭게 달리는 차들을
귓속으로 두려워하며 걸어야만 하나?

잠실역 환승통로에 길게 늘어선 사람들 속에서
우측통행을 하는 할아버지를 봤다.
바쁜 걸음을 재촉하던 사람들은
한마디씩 하고 지나갔지만
내 눈엔 생존의 강한 집착으로 보였다.

대칭

시끄럽게 한바탕 소동을 겪고 나면 네가 있지.
네가 내 앞에 있지.
다시 또 한바탕 소동을 치른 후엔 네가 없지.
네가 내 앞에 없지.

사랑은 그렇게 다녀가나 보다.
없을 땐 평온하다가도… 한창일 땐 시끄럽고
이내 헤어지고 나면 다시 조용해지고.

또 누군가에게 떠나가겠지.
시간이 흐르면… 역시, 나 역시,
또 다른 누군가를 만나겠지.

그러면서, 선뜻 올라타지 못하는 것은
망설임인지, 갈등인지, 불확실인지.

이번엔 꼭 타야겠다.
또다시 떠나기 전에
한자리에 머물러 있는 건 너무 힘드니까.
추억들이 날 괴롭히니까.

평행

어디로 가던 길이었는지 생각은 잘 안 나지만
스쳐 지나갔던 까치산역에서 5호선과 2호선은 나란하다.
아주 간단하게, 나란하다.

잠시 멈추어 서서 주변을 돌아보면
너무 복잡하게 사는 사람들을 많이 본다.
그들을 바라보고 있노라면
눈이 빙글빙글 돌아 버릴 것만 같다.
생각이 너무 깊어지면
자신도 모르게 얽매이고 복잡해지는 걸 이젠 알 텐데
몸에 익숙해져, 행동에 익숙해져
그냥 그렇게 복잡하게 사나 보다.

사실, 복잡한 사람들을 조금 떨어져서 바라보고 있으면
세상 그 누구보다도 단순한 사람들이라는 게 보인다.

단지, 혼자의 생각 속에서
복잡하다고 스스로에게 강요할 뿐이다.
눈앞에 있는 물건을 집어 들기 위해서
2호선을 타고 서울을 한 바퀴 돌고
다시 돌아와서
물건을 집으면서 스스로 세상은 쉽지 않다고,
세상은 복잡하다고 세뇌하고 있을 뿐….

그렇게 복잡하게 사는 이야기를
이 사람 저 사람 붙잡고 늘어놓는 것을 보면
조금 불쌍하기도 하다.
그렇게라도 해서 동정심을 얻고 싶은 걸까?
왜 남들에게 꾸미려 하는 건지,
그래야 만족하는 건지 잘 모르겠다.

난 제삼자니까.
당신의 삶에 내가 관여할 필요도 없고 …
하긴.
이렇게 생각하는 나 역시
복잡하게 날 세뇌하고 있는 것이니까.

미디어의 홍수

주위를 가득 메운 오색찬란한 미디어의 홍수,
문화 향유라는 미명으로
자신을 속이는 사람들의 일용할 양식이다.
즐길 줄 아는 것이라고 생각하는 것일까?
착각하지 말자.
즐기는 척하지 말고 착각에서 나오자.
머릿속에 가득한 평론가들이 떠들어 놓은
말도 안 되는 소리들을 채워 넣고
스스로의 사고에서 나온 것처럼
Copy & Paste 하지 말자.
생각 없이 떠드는 그 한 마디 한 마디는
KIN 사이다의 톡 쏘는 맛처럼 잠깐 스치고 지나갈 뿐,
여운은 없으니까.
오늘 하루쯤은 바다에 떠 있는 부표를 존경해 보자.
나를 견지하는 것,
흔들리지 않는 거센 파도에 아랑곳하지 않는 부표처럼,
생각의 중심을 잡아 보자.
세상은 내가 해석하는 것이고 판단하는 것이다.
쏟아지는 정보들은 단지 내가 참조하는 것일 뿐
나는 아니니까.

☺ 지하철 문화시민 에티켓 ☺
♣ 먼저 내리고 난 후 차례대로 승차를...
♣ 다리를 꼬고 앉으면 옆 사람이 불편을...
♣ 노약자에게는 친절하게 자리 양보를...
♣ 신문은 반으로 접어서 ...
♣ 옆 사람과의 대화는 간단하고 조용하게...
♣ 휴대폰은 진동으로... 그리고 조용하게...
문화시민운동중앙협의회/지하철기독교선교협의회/서울도시철도공사
문화시민!
나부터 지금부터 작은 것부터...
한걸음씩 나아가는 작은 실천들이
아름다운 세상을 만듭니다

FOCUS ®
www.focus21.co.kr

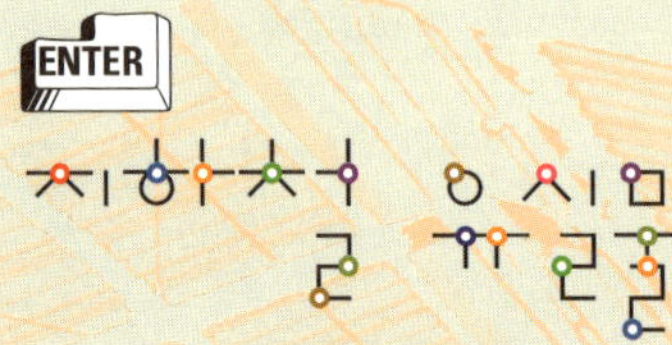

ENTER

1호선
2호선
3호선
4호선
인천1호선
갈아타는 곳
5호선
6호선
7호선
8호선
분당선
국철
남한산성입구
(성남법원·지하철)
단대오거리

갈아타는곳
1호선
2호선(미개통)

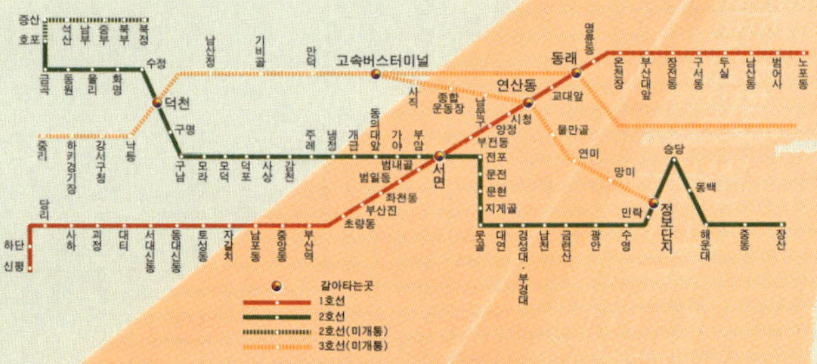

갈아타는곳
1호선
2호선
2호선(미개통)
3호선(미개통)

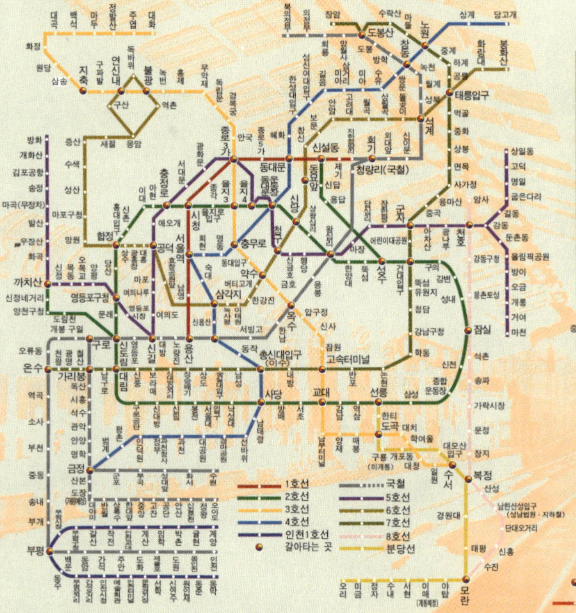

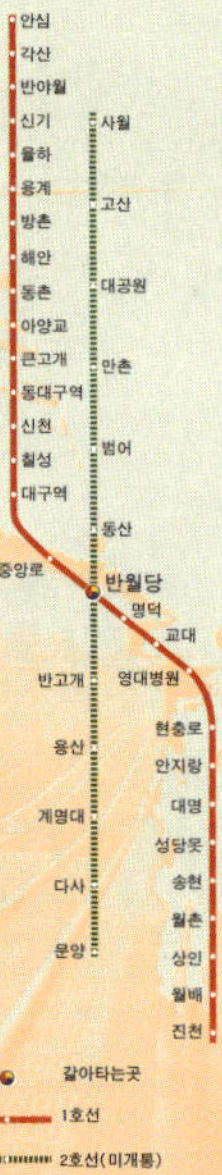

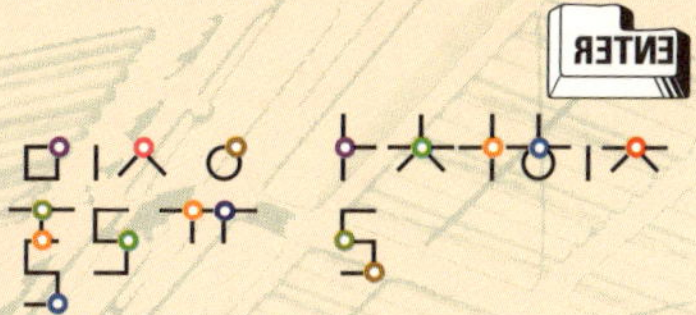

가판대

착란을 일으키는 구두 소리,
바쁜 발걸음, 잰걸음, 달리는 두 발.
부스스한 눈을 비비며 채 마르지 않은 머리를
흩날리며 어디론가 흘러간다.
자동화된 공장 컨베이어 벨트 위의 상품처럼
누가 뭐라 하지 않아도 숨가쁘게 움직인다.
끊이지 않을 것 같은 그 리듬 속에 파문이 인다.
각자의 길을 움직이던 사람들은 잠시 한곳을 바라본다.
잰걸음을 재촉하던 사람들 속에서 잠시 정적이 흐른다.
벽을 가득 메운 자극적인 헤드라인을 바라보며
잠깐, 아주 잠깐 동안 숨을 돌려 본다.

동상이몽.
아주 짧은 시간 동안 우리는 서로 다른 생각으로 같은 곳을 바라본다.
고속도로 톨게이트에서처럼 잠깐 동안 우리는 모였다가 다시 흩어진다.
또다시 걸음의 RPM을 높이고 달려 본다.
어둠이 짙게 깔린 후 이곳에서 다시 만나기를 무언의 약속으로 대신하고
다시, 달려 본다.

늦은 상념

느지막이 아르바이트를 마치고 집으로 향한다.
종일 시달린 몸은 날 녹색 시트로 이끈다.
등을 기대고 살짝 눈을 감았을까?
성수행을 알리는 차장의 중저음톤이 머리를 흔든다.
피곤한 몸은 격렬한 거부반응을 보인다.
유독, 피곤한 날과 바쁜 날엔 성수행 열차가 날 괴롭힌다.
머피의 법칙이라 해도 될까나?
부슬부슬 내리는 비까지 기분을 가라앉힌다.
그냥,
한적한 뚝섬역에 한 정거장 먼저 내려 버렸다.

플랫폼엔 아무도 없고 녹색 조명만이 역을 비추어 준다.
몸을 비비 꼬아 스트레칭을 해 본다.
이어폰을 귀에 꽂아 넣고 Trapt의 노래를 흥얼거려 본다.
일요일이라 그런가…
한참을 기다려도 빨간불은 켜질 줄 모른다.
끊은 지 한참 된 담배가 생각난다.
이내 사라지지만 자투리 시간을 달콤하게 채워 줬던 담배.
그러고 보니 온통 녹색빛인 것이 X-File의 한 장면 같다.
언젠가 극장에서 개봉했던 극장판의 외계인 기지 같은 으슥함.
아, 뚝섬역이 이랬었던가?
혹시, 우린?

미완성

모래사장을 거닐다가
밀려오는 파도를 등지고 앉아
모래성을 쌓았습니다.
높은 성벽도 쌓아 보고
왕자님과 공주님들이 거닐
정원도 만들어 봅니다.
갑자기 멀리까지 들어온 바닷물에
성벽 한쪽이 쓸려 내려갑니다.
다시 성벽을 쌓아 줍니다.
조금 더 견고하게 쌓습니다.
더 거친 파도가 다가와서
정원까지 헤집어 놓고 나갑니다.
한참을 그렇게 반복하다가
이내 포기하고 신발을 챙겨 들고 걸어갑니다.
한참을 걷다 뒤돌아봐도
한쪽이 부서진 모습 그대로입니다.

그렇게 그 사람은
내 마음의 한쪽 벽을 부숴 버리고
사라져 갔습니다.
아직도 그 사람이 생각나는 것은
남아 있는 다른 쪽 성벽 때문인가 봅니다.
이제는 내 성벽을
다 부숴 줬으면 좋겠습니다.
다시는 생각나지 않게…

서울驛

가까이 있는 것들의 존재를 우린 너무 쉽게 잊곤 합니다.
가까이 있는 것들의 자리를 우린 너무 쉽게 잊곤 합니다.
너무 가까이 있기에 그 존재를 잊곤 합니다.

혹시 여러분은 대한민국 수도
서울이 어떤 의미를 가지고 있는 것인지
생각해 보신 적 있습니까?

사실, 바쁘다는 핑계로 우린 서울이
우리말이라는 사실조차 잊고 살아왔던 것 같습니다.

426
서울역
Seoul Station
서울驛
425
회현
Hoehyeon
427
숙대입구
Women's Univ.

End of my Road

한참을 달려왔나 보다.

정신없이 잠을 잔 것처럼 몽롱한 기분이 참 좋다.

잠깐 동안 바보처럼 주변을 두리번거리며 적응해 본다.

아 …

정말 오랫동안 달려온 것 같다.

남은 사람이 몇 되지 않는 걸 보니

진짜 많이 달려온 것 같다.

여기서부터는 혼자 가야 할 것 같다.

그리고 이제부터는 혼자 가야 할 것 같다.

이 순간까지 함께 있었던 사람들에게 고맙다는 말도 못했는데,

따뜻하게 손 한번 잡아주지 못했는데

그냥 덩그러니 혼자 남겨져 버려야만 하나 보다.

힘들겠지만 혼자 가야만 하나 보다.

곧,

시작되겠지.

또 다른 치열한 세상이 시작되겠지.

이전보다 더 잔인하게,

더 복잡하게 생긴 세상이 시작되겠지.

언젠가 내가 처음 시작했던 그날처럼,

다시 또 시작되어야만 하겠지.

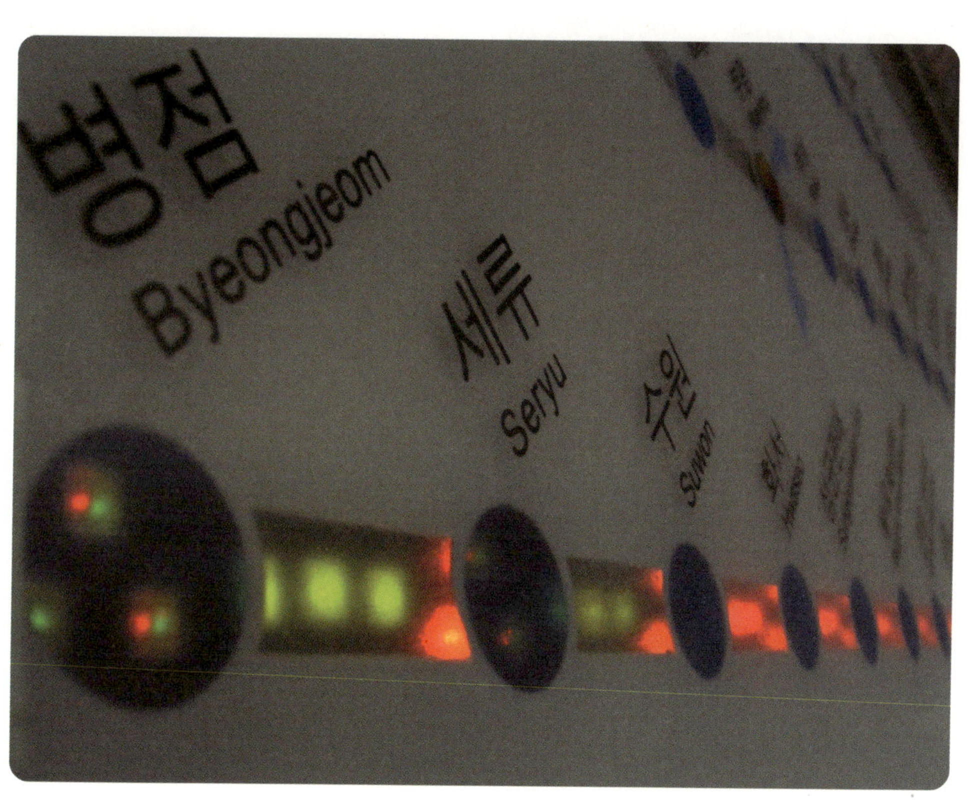

병점
Byeongjeom
세류
Seryu
수원
Suwon

무임승차

마음 한구석 비어 있던 자리가 가득 채워져 버렸습니다.
누군가 내 마음속에 들어와 버렸습니다.
그리고 그게 누구인지 전 너무 잘 알고 있습니다.

얼마나 오랫동안 내 한구석에 머물러 있을지,
내가 얼마나 오랫동안 그 공간을 남겨둘지는
잘 알지 못하지만, 바로 지금 그 누군가
내 마음속에 무임승차를 했습니다.

마음 가득 온기가 느껴지는 유쾌한 무임승차를,
힘없던 삶에 새로운 활력이 되어 준 무임승차를…
그 사람은 지금,
바로 지금 내 마음에 무임승차했다는 걸 알고 있을까요?

점자

앞을 보며 똑바로 걷기 힘들 정도로
술을 마신 날

기대어 있던 벽을 타고 흐르는 손잡이를
가만히 바라보았습니다.
늘 그 자리에 있었던 손잡이에는
손끝으로만 이해할 수 있는 그들만의 세계가 있었습니다.

문득 궁금해졌습니다.
이 작은 것조차 이해해 줄 수 없는데,
그들과 내가 교감할 수 있을 것인지 궁금해졌습니다.

그리고,
미안해졌습니다.
당신들을 많이 알아야만 할 것 같은데,
조금도 이해해 줄 수 없는 제 자신이 너무나 미안해졌습니다.

벽

나를 표현할수록
누군가 나를 더 알아가고
내 생각이 누군가에게 읽혀져 간다.

남들이 나를 알아갈수록
내 어두웠던 과거까지
암울했던 추억마저
읽혀져 간다는 게 너무 두렵다.

날 이해해 주길 원하면서
날 숨겨 버리길 원하는 건
공존할 수 없는 물과 기름,
이루어질 수 없는 헛된 상상.

내 그림자를
가리고 싶어져
문을 닫는다.

그 닫힌 문이 보일까 봐
하나 더 닫는다.
이렇게…
모두에게…
조금씩 더 멀어져 간다…
혼자 남을 때까지….

추운 겨울 아침,
나의 시린 손과
플랫폼을 녹여 준
자판기 커피 한 잔
열차 진입 벨소리와 함께
그 임무를 다해 가고….

끼어들기

아무 일 없는 것처럼 환하게 웃고 있잖아.

이제 와서 왜 그러는 거야.

잠깐 쉬었다 가는 게 좋을까

쉬면 좀 나아질지 모르잖아

누가 널 힘들게 하니

니 인생에 불청객이 찾아온 거니

혼자서 잘 해낼 거라 생각해 왔는데

너라면 충분히 이겨낼 거라 생각했는데

지금 너무 힘들어 보이는 네게

난 아무것도 해 줄 수가 없어

이젠, 네 앞에 나타날 수조차 없는데

잔인함

다들 지친다.
아침 일찍 지친 몸을 이끌고 나와서
사람에게 치이고,
업무에 치이고,
공부에 치이고….

때가 되면 밥을 먹는다.
입이 메말라 넘어가지 않는 것들을
물로 적시고,
뜨거운 국물로 적시고,
침으로 가득 적셔 억지로 한번 넘겨 본다.
미친 듯이 악착같이
그래도 먹어야 사니까.

다시 사람에게 치이고,
업무에 치이고,
공부에 치이고…
어둑해진 거리로 터진 뚝방의 물살처럼
쏟아져 나오면, 몸은 녹초.
금방이라도 쓰러질 것만 같은 녹초.
태풍이 쓸고 지나간 자리의 벼.

귓속에 이어폰을 깊게 밀어 넣고
시끄러운 음악과 함께
군중 속으로 스며들어가 버린다.
내가 너이고, 너가 그인 그곳에서
처음으로 편안함을 느껴 본다.

Vending machine

새벽이 눈을 뜨고 아침이 기지개 켜면
쳇바퀴를 굴리는 다람쥐처럼
정처없이 달려가기 시작한다.

흐르는 사람들에게 몸을 맡기고
계단을 오르고, 다시 계단을 내리고
자판기에 동전을 넣고 패스를 뽑듯이
시끄럽게 울리는 기타리프가 몽롱하듯이
오늘도 우린 일렬로 줄지어 서서
기계처럼 움직인다.

표정 잃은 사람들과
습관적으로 행해지는 모든 것들
도시에서만 볼 수 있는 우울한 풍경들
어떻게든 벗어나 보고 싶지만
나 역시 도시인이기에 벗어날 수 없는
얽매인 내 모습을 한숨으로 지우고
다시, 쳇바퀴 속으로 뛰어들어 본다.

Stop and
Continue

조급해지면
잘하던 것도 실수하고
쉬운 것도
잘못하게 된다.
조금만 시간이 더 있으면
잘할 거 같은데
조금만 천천히 시간이 가면
정말 잘할 수 있을 텐데
날 쫓아오는 시간이
이토록 미운 건
내 잘못인지
섭리인지

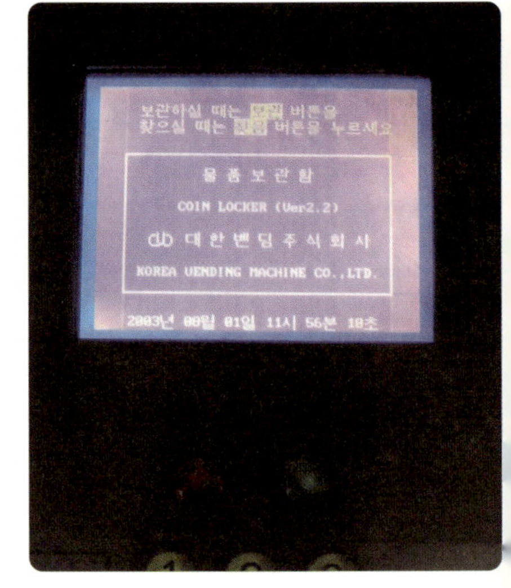

잠깐 동안이라도
시간을 멈추고
숨을 돌리고 싶다….

도시락

새벽부터 잠을 설치며 자리에서 일어나
가스레인지에 불을 올립니다.

쌀뜨물을 흘려 버리고
밥솥 가득 하얀 알갱이들,
기포방울 터지며 솟아오르는 고춧가루의 향연과
지글지글 끓어오르는 기름 속의 두부…
도시락 통에 김이 서립니다.
뜨거운 사랑을 가득 담아 주셔서 그런지
오늘따라 밥알이 보이지 않도록 김이 서립니다.
한참을 기다리다
뚜껑을 열고
흘러내리는 물을 쓸어 올리는 그 시간이
이토록 기쁜 것은,

바로 어머니의 사랑이 담겨 있기 때문일 겁니다.
화려한 반찬은 아니더라도,
사랑으로 버무린 맛있는 반찬이기 때문일 겁니다.

Lost in Memories

물질만능주의
만연하는 물건들
싸게 혹은 비싸게.

버려지는 것들
그리고
버림받는 것들.

물건을 잃어버린다는 것은
물건과 함께했던 추억까지
매장시켜 버리는 행위

슬펐던 추억도
아팠던 추억도
지워 버리고픈 추억마저도
인생의 끝자락에선 그리울 텐데….

지하철유실물센타
Subway Lost & Found Services
운영시간 안내
평일   09:00-18:00
동절기09:00-17:00
토요일09:00-13:00
문의전화753-2408.9
시청(2) 역장

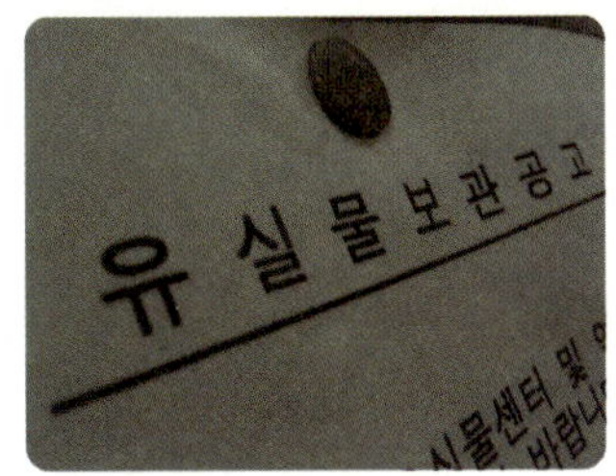
유 실 물 보 관 공 고
시물센터 및
바람니

추억

흐르는 시간 속에 기억이 바랩니다.
내가 분명히 알고 있던 것들이
시간의 풍화 속에 먼지처럼 아스라져 갑니다.
가끔, 책장 한구석
오래된 일기장의 낯선 것은,
부숴져 버린 기억의 탓입니다.

기억을 조그만 공처럼 뭉칠 수 있다면
어디서든 생각날 때 꺼내 볼 수 있게
주머니에 넣고 다닐 수 있다면
머릿속에서 잊혀지더라도
내 주머니 속에서 기억은 그대로이니까요.

모아 둔 기억의 공들을 상자에 넣어 보관하고 싶습니다.
버릴 수 없는 소중한 기억들이
내 조그만 주머니에는 다 들어갈 수 없으니까요.
기억의 골짜기에도,
조그만 주머니에도 들어갈 수 없는 소중한 순간들을
작은 상자 안에 넣어 보관해 두고 싶습니다.

인생의 끝 무렵,
소중히 생각했던 모든 기억들을
하나하나 꺼내 보면서 다시 즐거워하고,
가슴 아파하고, 행복해 하고 싶어서,
추억을 떠올리고 웃음 지으며 눈감고 싶어서,
내 모든 공들을 어딘가에 모아 두고 싶습니다.

Leave

누군가의 마음으로부터 버려진다는 건 정말 끔찍한 일이다.
특히, 절대 그럴 리 없을 거라고 생각한 사람에게
버림받는 건 끔찍함을 넘어서 잔인한 일일지도 모르겠다.
어느 순간,
바닥을 나뒹굴고 있는 빈 깡통처럼
쓸모 있는 동안만 날 소중한 척
했던 건 아닌지 하는 생각이 들 때면
마음속 깊은 곳에서 참을 수 없는 분노가
태풍을 따라온 해일처럼 용솟음칠 것 같다.
누군가에 대한 믿음으로부터 멀어져 버렸다는 것이
이토록 내 마음에 생채기를 내고
사람을 황폐하게 만들 줄 난 전혀 알지 못했다.
당연한 것일지도 모르는 세상의 섭리를 난 믿지 않았었나 보다.
나 혼자만 알지 못하고 있었나 보다.

긴 한숨과 긴 허무함으로 내 무지를 탓해 본다.
아무런 준비도 하지 못한 내 자신만 탓해 본다.

대란(大亂) I

두 어깨가 처진 모습이 너무 안쓰럽습니다.
다들 힘들어 하는 모습이 쓸쓸합니다.
어디서부터 잘못된 건지 알 수 없지만,
누가 잘못한 건지 모르겠지만,
힘들어 하는 사람들이 자꾸 많아지는 것이
숨 막히는 도심 한복판의 매연처럼 내 가슴을 죄어 옵니다.
내 기도를 막으려 듭니다.

TV에서 큰 소리로 외치는 아나운서가 얄밉습니다.
누가 모르는 것도 아닌데 새삼스럽게 떠드는 그가 밉습니다.
내일 아침 신문은 치워 둬야겠습니다.
펼치기가 무서운 아침신문이니까요.

오늘은 어깨를 한번 주물러 줘야겠습니다.
힘없는 내가 해 줄 수 있는 게 그런 것뿐이라는 게 아쉽지만
어깨라도… 주물러 줘야 할 것 같습니다.

힘내라구요….

Songpa
松坡
816

대란(大亂) Ⅱ

대란이다.
어느새 훌쩍 올라가 버린
그래프의 화살표 마지막은
현실이고, 사실인데
인정할 수 없이 힘든 건
그 증명인데

머리를 깎아보고,
넥타이를 다시 메어 보아도
힘 빠진 다리는 다시 그 자리에
주저앉게 할 뿐.

이어폰에서 들려오는
즐거운 음악소리도
오늘 따라 왜 이리 무거운 레퀴엠인지
밝게 보여야 하는데,
웃는 모습을 보여야 하는데….

답답해져 오는 가슴에
담배 한 개비 입에 물고
라이터만 만지작거린다.

고개 들어 하늘로 연기를 흩날리면
매케하게 눈물이 흐른다.
애써, 담배연기 때문이라고 위로하며
눈물을 훔쳐본다.

복고풍

뭐가 그리 바쁜지 나를 구속해 주는
핸드폰이라는 녀석과 하루 종일 함께한다.
회사를 갈 때도, 학교를 갈 때도,
주머니 혹은 가방에 그녀석이 없으면
쫓기는 시간에도 그녀석을 데리러 집으로 다시 들어간다.
하루쯤 녀석 없이 살아도 괜찮을 텐데….

언젠가 엘리트로 뭉쳐졌던 그룹의
노래 가사에서 동전 두 개라는 단어를 들으면
뭔지 모를 애틋함이라도 느껴졌는데,
오색 찬란한 벨소리에 묶여, 실수라도 저지른 날은,
안절부절 못하며 녀석의 싱긋~ 하는 얼굴만 바라본다.

녀석을 내팽개치고 밖으로 나가보자.
오래된 물건을 모아둔 통에 모셔진 손목시계를 차고
밖으로 나가보자.

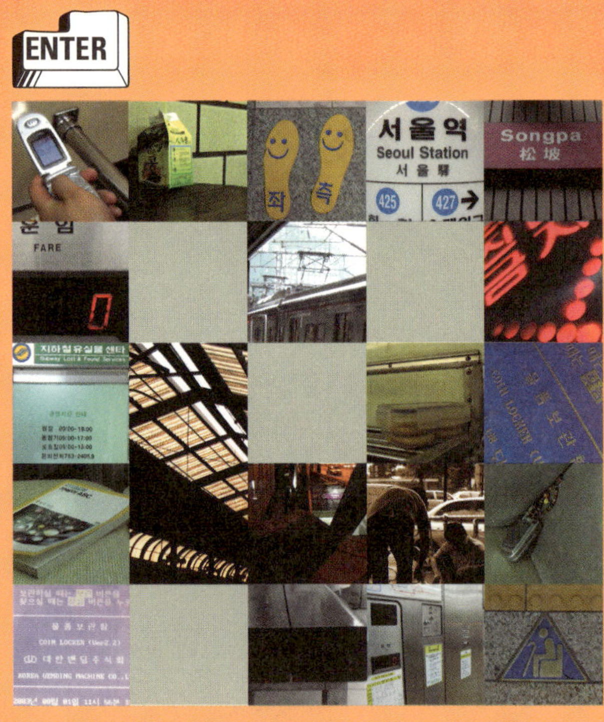
ENTER

[memories]

| 희망 | 이름 | Myself | 아버지의 이름으로 | 아줌마 | 할아버지 | 가족 |
| 친구 I | 친구 II | 황혼 I | 어머님께 | 혼자서 | 옛 생각 | 야근 후 | 습관 |

02

추억

초등학교 1학년 때

알던 친구의 이름을

한번 떠올려 보려 했다.

아무리 쥐어짜도 떠오르지 않는

그 친구의 이름.

그땐 정말 친했던 것 같은데

지금은 이름조차

떠올리기가 힘들다….

희망

큼직한 500원짜리 동전을 손에 쥐고
조심스레 골라 본다.
홀더에 잔뜩 꽂혀 있는 수많은 숫자들의 향연.
고민하고 또 고민해 골랐던 한 장의 복권.
일주일 동안 복권은 나의 보물,
한 주를 기쁘게 살 수 있는 삶의 원동력.
꼬박 기다려 손에 땀을 쥐고 바라보는
TV는 탄성과 한숨이 교차되는 삶의 향연.

이제는 만 원짜리 지폐 한 장을 서슴없이
꺼내 들고 수많은 번호를 내가 직접 고르며
행운은 만들어 가는 거라고 즐거워하지만,
모습과 형태는 달라졌지만,
늘 한결같이 일주일이라는 기쁨을 주는
너희들이 참 고맙다.
늘 한결같이
한 주를 살아가는 희망을 주는 너희들이 고맙다.
오늘 집에 가는 길에 한 장 사 봐야겠다.

이름

초등학교 1학년 때 알던 친구의 이름을 한번 떠올리려 했다.
아무리 쥐어짜도 떠오르지 않는 그 친구의 이름.
그땐 정말 친했던 것 같은데
지금은 이름조차 떠올리기가 힘들다.
사실, 얼굴도 잘 생각나지 않는다.
보이스카우트 캠프에서 만났던 다른 학교를 다니던 그 아이.
몸으로 뛰면서,
마음으로 함께하면서 참 친해졌다고 생각했는데
이름이 뭔지 잘 생각나지 않는다.
어렴풋이 얼굴은 떠오를 듯도 하건만
희미하게 떠오르는 네 얼굴을 재생해 보지만
결국 이름까지 기억하지는 못하리란 생각이 든다.

그런데 왜 난 유독 너만은 잊지 못하는 걸까?
이름도, 얼굴도 희미하지만 네 느낌은
너무도 생생한데
너와 함께했던 순간의 느낌은
내 두뇌에 각인되어 버렸나 봐.

Myself

나는 사람들 마음속에 어떤 이름으로 자리 잡았을까?
내가 있던 장소에서 나를 불러 주던 사람들, 그리고
지금 내가 있는 곳에서 나를 불러 주는 사람들.
그들에게 불려지는 내 이름 하나하나에는
애정이 가득 묻어 있다.

언제나 그들에게 나는 그 이름이고 어디에 있더라도
그들과 함께라면 나는 그 이름이리라.
열 손가락 깨물어 안 아픈 손가락 없다고들 한다.
내 이름도 내게 그런 의미이리라.

지하철
8호선
816
송
파

아버지의 이름으로

오늘 아침에도 당신과 말다툼을 해 버렸어요.
힘들다는 걸 알면서도 다시는 대들지 않겠다고 다짐하면서도
또다시 말다툼을 해 버렸어요.

당신은 화내시지 않았어요.
그 순간, 난 당신의 흔들리는 눈빛을 봤어요.
뭐라 말하기 힘든 감정들이 엉켜 있는 눈빛이었죠.
그냥 밖으로 무작정 나와 버렸어요.
갈 곳도 없으면서 무작정 나와 버렸죠.

인생의 상처와 삶의 고뇌로 가득 찬 당신의 마음에
이젠 약을 발라 드려야만 할 것 같은데 또다시 상처만 드리고 있네요.

다짐해 봅니다.
오늘은 웃으면서 저녁을 함께 먹겠다고.
또다시 다짐만 합니다.
살며시 손 올리고 어깨를 주물러 드리겠다고.

늘 그래 왔듯이,
다짐은 다짐만으로 끝나 버리겠지만요.

아줌마

아침 일찍부터 습도가 높더니
이내 비가 쏟아지기 시작합니다.
약속 장소에 도착해 보니 하늘은 시커멓고
제법 굵은 빗줄기가 후두둑 떨어집니다.
지나는 사람들이 튀기는 빗물이 싫어
우산을 쓰고 지하철 출구 옆에 서 봅니다.

이런 날이면 출구엔 물건 파는 분들이 없는데
오늘따라 아주머니 한 분이
떡을 팔고 계십니다.

찬찬히 얼굴을 살펴봐도
떡을 파실 인상은 아닌데
곱게 한 화장이 빗물에 지워지는지도 모르고
떡을 팔고 계십니다.

얼마나 시간이 지났을까.
한참 만에 떡 하나를 팝니다.
떡을 담아 주는 모습이…
어색하지만 사연이 있어 보이는 몸짓입니다.

잠시 바라보다가,
주머니를 뒤져 보지만 잔돈뿐입니다.

할아버지

정겹다.
지하철 한쪽 볕 잘 드는 자리에서 한참을 손자와 할아버지는
그렇게 웃으면서 이야기를 나눈다.

말로 표현하기 힘든 오랜 시간의 벽이 있지만
지금 이 순간만큼은 같은 곳을
바라보며 함께 즐거워하고 있다.
문득, 매일 아침 석촌호수로 우리를 데리고 다니시며
맛있는 과일사탕을 하나씩 건네주시던 할아버지가 떠오른다.
인자한 눈빛과 차분한 목소리의 할아버지.
이런저런 핑계로 할아버지 산소 벌초에
빠졌던 생각에 마음이 무거워졌다.
그땐 내가 너무 어렸다고 위로해 본다.

가족

늘 가까이에 있는 가족.
너무 가까이에 있어서
소중함을 알지 못하는 바보 같은 나.

대청역 좁은 출구를 힘겹게 올라가다
웃음이 끊이지 않는 가족을 보았습니다.
갑자기 아침에 집을 나서며
했던 말들이 생각납니다.

조금 더 다정하게 말할 수 있었는데,
조금 더 기분 좋게 말할 수 있었는데…
내일 아침에는 웃으면서 말해 보렵니다.

늘 그렇듯이 오늘도 우린
그 복잡한 신도림역
플랫폼에서 만나기로 했어.
이 환승역도 우리처럼만
단순하면 좋겠어.
그런데 친구야! 너 또 지각이다.
지각대장!

친구 I

지금 바로 곁에서
당신을 바라보는 친구를 보세요.
무슨 생각을 하고 있는지,
머릿속으로 짐작해 보세요.

지금 옆에 있는 친구가
어떤 표정을 짓고 있는지,
눈을 크게 뜨고 얼굴을 바라보세요.

무슨 말을 듣고 싶어하는지,
옆에 있는 친구의 눈빛을 읽어 보세요.
그리고 당신의 입을 열어 주세요.

미처 알지 못할지도 모르지만
늘 옆에 있어 준 친구가,
그래서 가장 편한 그 친구가,

늘 곁에 있는 듯하면서도 없는 것 같은,
없는 것 같으면서도 있는 친구이니까요.
그렇게 당신도

친구 Ⅱ

조금 무더웠던 어느 날이었습니다.
건대입구역에서 친구를 기다리며
벽에 기대어 음악을 듣고 있었습니다.

어디선가 정겨운 웃음소리가 들려옵니다.
뭐가 그리 즐거운가 고개를 이리저리 돌려 봤습니다.
지하철역 개찰구 앞 한복판에 자리 잡은 할아버지 세 분.
오랜 친구인가 봅니다.
웃음소리가 끊이지 않고
연신 폭소가 터져 나옵니다.

나도 모르게 입가에 웃음이 머뭅니다.
오랜 시간 후에,

나도 친구와 저런 모습으로
웃을 수 있으면 좋겠습니다.

황혼 I

인생의 노곤함을 지고 걸어온 당신에게
따뜻한 쉼터를 만들어 드리고 싶지만,
저 역시 당신이 걸어간 길을 뒤따라 걷고 있기에
아무것도 해 드릴 것이 없는 게 한이 될 뿐입니다.

언제나 묵묵히 싫은 내색 한 번 하지 않고
묵묵히 걸어가는 당신, 말없이 자리를 지켜 주신 당신,
이제 어깨에 얹혀진 짐을 조금 덜어 드리고 싶습니다.

가끔은 힘든 척도 하십시오.
이제는 괜찮습니다.
당신은 충분히 수고하셨으니까요.

어머님께

처진 어깨는
당신이 짊어지고 온
인생의 무게를 말하는 건가요.

돋보기 안경은
당신이 지켜봐 온
세상의 고뇌를 보여 주는 건가요.

눈가의 주름은
당신이 느껴 온
세상의 어려움을 표현하는 건가요.

힘에 겨워 기댄
당신의 뒷모습에
살며시 다가가
안아 드리고 싶습니다.
어깨라도 주물러 드리고 싶습니다.

혼자서

외딴 역, 인적이 드문 곳에 있으면
여기가 사람이 다니는 곳인지
궁금해집니다.
사람 냄새 하나도 나지 않는 플랫폼에서
어떻게든 흔적을 찾아보려 애써 봅니다.

오늘따라
열차 안내기의 빨간불도
들어올 줄 모릅니다.
플랫폼 한쪽 끝에서 다른 쪽 끝까지
걸어 봅니다.
참 여유롭습니다.
이런 여유가 왠지
어울리지 않는 곳입니다.

잠깐 동안 갖는 여유가
머릿속에 상큼한 엔돌핀을 공급해 줍니다.
내 안의 엔진을 잠깐 끄고
크게 심호흡해 봅니다.

오랜만에 친구에게 문자 메시지를
보내렵니다.
잠깐 느끼는 여유로움을
친구에게 전해야겠습니다.

옛 생각

하늘은 잔뜩 찌푸려 비가 퍼붓는 날이라 그런지
오늘따라 지하철역은 오가는 사람들로 인산인해를 이룹니다.
오래전엔 상상도 할 수 없었던 낯 뜨거운 옷차림과
과감히 자신을 보여 주는 젊은이들이
이리저리 떼를 지어 몰려다닙니다.
입구 한쪽 편에 기대어 계신 아저씨의 눈빛이 보입니다.
가만히 그들을 바라보다 옛 생각을 하셨나 봅니다.
잠시 세월의 흔적이 꿈틀거립니다.
이내 현실로 돌아와선 언제 그랬냐는 듯,
그러나 눈빛엔 흔적이 남아 있습니다.
시간이 많이 흘러 중년이 돼 버렸지만
그 시절 그땐, 내가
그리고 내 친구가 저 위치에 있었지 하는
추억의 눈빛, 인자한 눈빛입니다.

세상은
시간이 흘러도
그 모습만 다를 뿐
같은 내용이 반복되나 봅니다.

야근 후

퇴근길 혼잡함이 끝나고
한참이 지나면 이상하리만큼 한가해져 버린
지하철이 그다지 따뜻하지는 않아 보인다.
남들보다 조금 더 늦게 퇴근하는
사람의 눈빛엔 피곤함과 가벼운 노기가 보이는 듯하다.

라디오방송도 들리지 않는 차가워진 공간에서
멍하니 바라보거나 혹은 눈을 감고 잠을 자거나…
그 무슨 행동을 하더라도
차갑게 느껴지는 이 시간이
내게 가장 편안한 시간이 돼 버린 건
나 역시… 차가워졌기 때문일까….

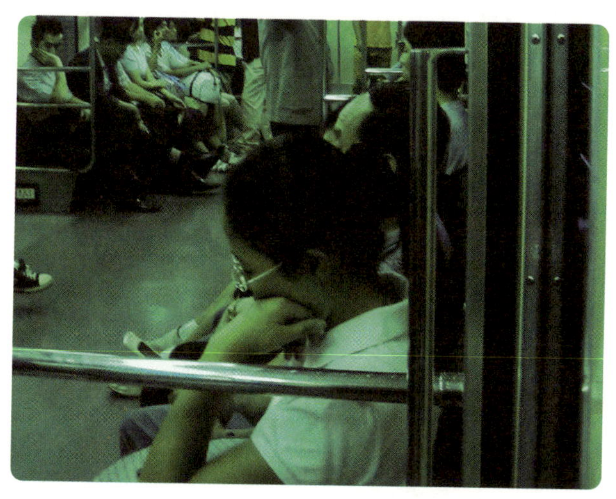

105

하던 일이 잘 안 되더라도
혹은 지친 시간이더라도
먼 훗날 어떻게 기억을 하며
추억을 할까?
가져갈 추억이 있는 한
오늘도 나는…

습관

내가 이렇게 글을 쓰는 것도 습관이고
지금 이 글을 읽고 있는 것도 습관이고
숨쉬는 것도 습관이고
잠자는 것도 습관이다.

오랜 세월은 습관을 단단하게 만들고
언제나 같은 방식으로 무언가를 하게 만들고
어디에서든 그 습관을 볼 수 있게 해 주고
누구에게나 같은 습관으로
대하도록 만들어 준다.

누군가는 무의식적으로 생겨난
습관일 것이고
누군가는 어떤 순간
시작된 습관일 것이고
누군가는 일부러 만들어 낸
습관일 수도 있고
또 누군가는 습관을 만들지 않으려다
생긴 습관일지 모르겠다.
그런 식으로,
우리는 사랑을 만들어 간다.
내 사랑은 삼각형
내 사랑은 사각형
내 사랑은 동그라미

내가 가진 습관이란 그릇에 사랑을 담고
다른 모양의 그릇들을 같은 모양으로
맞추려 하고
그릇을 합쳐 버리기도 하고….

그래서 사랑이 어렵나 보다.
오랜 세월 동안
다른 모양의 틀로 자라 온 사랑을
같은 모양으로 맞추느라
그렇게도 어렵나 보다.

처음부터 비슷한 모양이었던 천생연분,
요즘따라 그들이 참 부럽다.

ENTER

ENTER

[fμɪμɾe]

| 지름길 | 끝이 아니기를… | 어울림 그리고 어울리지 않음 | 같은 자리에서 |
| 길 | 황혼 II | 발걸음 | 인생이란 | 밑바닥 | 유년의 기억 |

미래

상황에 따라, 조건에 따라

가는 방법도 전부 다르고

얼마나 시간이 걸릴지

너무 돌아가는 건 아닌지

초조하기도 하지만 결국,

언젠가는 목적지에 도착하게 되겠죠.

우리가 가려는 그 목적지에

서 있을 수 있겠죠.

지름길

수많은 상념 속에
우리가 택하는 길에는
천천히 걸어서 가는 길도 있고
버스를 타고 가는 길도 있고
지하철을 타고 가는 길도 있습니다.
때로는 비행기로 가는 길도 있을 것이고
자전거로 가는 길도 있을 겁니다.
상황에 따라, 조건에 따라 가는 방법도 전부 다르고
얼마나 시간이 걸릴지
너무 돌아가는 건 아닌지 초조하기도 하지만
결국 언젠가는 목적지에 도착하게 되겠죠.
우리가 가려는 그 목적지에 서 있을 수 있겠죠.

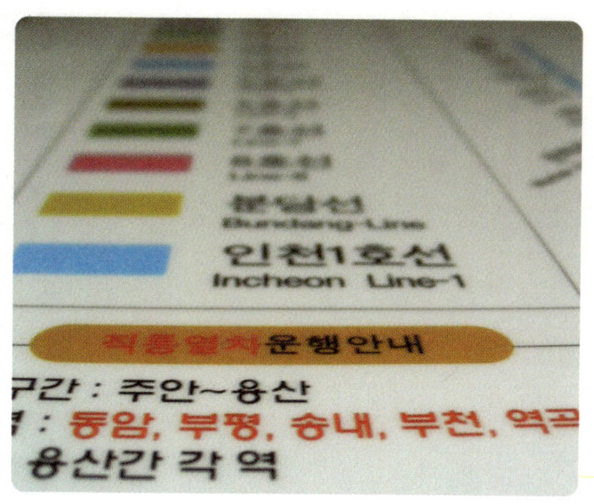

내가 사랑하는 누군가에게 직접 고백할 수도 있고
편지와 꽃다발을 보낼 수도 있고
친한 친구에게 부탁하는 방법도 있을 겁니다.
어떤 방법이라도 사랑하는 사람에게
내 마음은 전달될 테니까요.

여러분이라면 어떤 방법을 택하시겠어요?

끝이 아니기를…

언젠가 종착역은 여기가 아니었는데
어느 날 종착역은 여기가 되어 버렸다.

그렇게,
너희들도 변하는데
난 늘 제자리에 머물러 있나 보다.
나의 종착역도 조금씩 늘어 가야 하는데
언제나처럼 같은 자리에 종착역이 있나 보다.

어울림 그리고
어울리지 않음

세상의 모든 것들.
있어야 할 곳에 있는 것들과,
있어야 할 곳에 있지만
어울리지 않는 것들과 함께 있는 것들.

낡은 그곳에서 어색하게
환한 친구를 발견했습니다.
어둠 속에서 한줄기 빛을 바라보는 기분입니다.
그런데 왠지 거기 있으면 안 될 것 같습니다.
어색함을 지울 수 없습니다.

같은 자리에서

늘 같은 자리에서 날 이끌어 주는 사람이 있습니다.

인생의 수많은 길에서 나쁜 길을 택하지 않도록

늘 곁에서 바라보는 사람이 있습니다.

처음 태어난 그날부터

나를 지켜봐 주는 사람이 있습니다.

인간으로 태어났기에

영원히 머물러 주지는 못하겠지만

조금만 더…

한참 동안 같은 자리에 있어 주었으면 좋겠습니다.

조금 더 시간이 흐른 뒤에

내가 누군가를 바른 길로

이끌어 줄 수 있는 순간이 올 때까지

내 곁에, 같은 자리에 있어 주십시오.

이제는 곁에 있는 것만으로도 큰 힘이 되니까요.

길

머나먼 여정을 가고 있습니다.
지금까지 걸어온 길보다
앞으로 걸어가야 할 길이 훨씬 멉니다.

그동안 만나 온 수많은 갈림길보다
더 많은 갈림길을 만나게 될 것이고
수없이 많은 선택을 해야만 하겠죠.

가끔은 어떻게 해야 할지 몰라 망설이고
주저앉아 멍하니 있을지도 모르지만

내가 가려 하는 목적지에 닿을 때까지
일어서고 또 일어서 나아가려 합니다.
누군가가 지나갔던 길이 아닐지라도,
내가 가야 할 곳은 그곳이기에 포기하지 않으려 합니다.

이 긴 여정의 끝이 어디일지 모르고,
한없이 멀어만 보이고,
얼마나 힘들지 모르지만요,

지금이 어떤 시간이든
지금도 이렇게 시간은 흘러
거역할 수 없는 속도로….

황혼 II

차가운 아침 공기를 데우며 떠올랐던 태양은
어느덧 서쪽 하늘을 붉게 물들이며
서서히 모습을 감추어 간다.

세상은 잠시 그 열정에게 어둠으로 예의를 표한다.

내일이 오면 다시 태양은 떠오르고
또다시 다른 한쪽으로 지겠지만
오늘, 지금 이 순간 지고 있는 태양이 아름다운 건
내일 지게 될 태양이 아름다운 것과는 다르다는 것이
또 다른 파문을 일으킨다.
내 마음에 파문을 일으킨다.

내 손길이 닿음으로 시작하는 것들,
생각하지 못하는 사이에 반복되는 것들,
모두 같은 듯 다른 것인가 보다.

내가 밟은 이곳을
내일 다시 밟지 않을 수 있다는 작은 사실이
얼마나 놀라운 일인지 새삼 놀란다.
작은 한순간, 작은 한 가지조차 서로 다른 것임에….

발걸음

지금껏 누구도 성공한 적 없다는
결과에 짓눌려
아무도 다시 무언가 해 보려 하지 않았던 것을…
나 역시 그렇게 될 거라고

그렇게, 눈총을 받지만
난 계속 이 길을 간다.

내가 처음 이 길을 들어섰던 그 순간부터
어떻게든 이 길의 끝을 보겠다고
마음먹었기 때문에.

그들이 갖지 못한 Passion을 가지고 있기 때문에

앞에도, 뒤에도…
같이 가 주는 사람 한 명 없지만
그냥 이렇게 지금 이대로가 좋다.
내 스스로에게 잠겨
약에 취한 듯 움직이는 이 모습이 좋다.
가끔
사람들은 너무 평화롭다.
그렇게,
평화롭게 지내다
단지 한 줄의 이름으로만 남고
아스라져 간다….
멍청한 듯 걸음을 옮겼더라면 말이지…
나처럼 발걸음을 옮겼다면 말이지…
조금은…----

인생이란

하나의 문을 열고
주변을 둘러보면 같은 사람들.
걸음을 내디뎌 보면
같은 흔들림과 같은 소리들.

다시 또 하나의 문을 열고
안으로 들어서면
역시나 똑같은 사람들과
똑같은 것들의 반복.

그렇게,

인생의 끝까지
우리는 반복되는 세상을 경험하고
똑같은 시행착오를 거치며

인생을 마치던 날
남다른 말을 듣는 사람들은
반복되는 일상에서
무얼 어떻게 한 걸까.

내일은
문이 열리면
밖으로 뛰쳐나가
다음 칸으로 옮겨타 봐야겠다.
똑같은 일들을 반복해 봐야
남는 건
똑같은 최후뿐이니까.

밑바닥

끝날 것 같지 않던 그날들을 마무리한 지
벌써 2년이 넘어 버렸다.
세상 무서운 줄 모르고 날뛰던 1999년 어느 날
그렇게 밑바닥까지 한 번에 떨어져 버린 나락.
그곳에서부터 새로운 시작이었다.
누군가 그랬었지.
군대는 인생의 작은 축소판이라고.
학교라는 울타리를 벗어나
죽음이라는 문턱에 이르는 순간까지를
하나로 뭉쳐 놓은 미니어처라고.
치열하게 시간들을 보냈나 보다.
작은 것 하나에도 열심일 수밖에 없었고
잠깐의 작업이라도 최선을 다해야만 했던 그때.

한 달 먼저 진급한 동기 녀석의 거들먹거림은,
언젠가 맛볼 경쟁에서의 패배였던 것일까.
그렇게 배워 나갔던 또 다른 사회를,
어떤 누군가는 지금 배워 나가고 있겠지.
온몸이 뼛속까지 시리도록 냉정한

어릴 적에 전철 창밖으로
보이는 하늘만 보면 좋아했었어
손잡이도 안 닿는 키로
하늘만큼 크고 싶다고….

유년의 기억

하늘만큼 내가 파랗게 될 수 있을까?

손을 담그면 작은 파장들이 한없이 멀리 퍼지고

지나가는 하얀 구름이 씻어 주는

그런 순수한 모습으로 다시 돌아갈 수 있을까?

한 살, 두 살 나이가 들면서

간사함만을 배우고

좋은 것보다는 나쁜 것만을 배우게 되는 건

인간이라는 동물이 가져야만 하는 운명인 것일까.

머릿속에 조용히 남아 있는

유년의 기억을 조심스레 꺼내어 본다.

한없이 맑았던 그 시절을 꺼내어 본다.

살며시 기억의 재생버튼을 누르고

살아온 지난 십수 년을 되돌아보면

눈시울이 붉게 변하는 것은

내게 아직 마지막 양심이 남아 있다는 표시가 아닐까?

눈물을 훔치고 다시 파란색을 바라본다.

한없이 맑은 파란색과 드리워진 하얀 구름

그리고 따사롭게 비추이는 태양 속에

다시 한 번 눈물을 말려 본다.

따스한 햇살에 내 슬픔을 날려 보낸다.

다시 돌아갈 수 있다면,

그 마음 여기까지 가지고 올 텐데 하는 아쉬움.
왜 꼭 지나고 나서야 후회하게 되는 건지…
혹시 모르지, 훗날,
지금 이 순간마저 후회할는지도….

ENTER

ENTER

[L O V E]

나를 스쳐 지나갔지 | 너 | 너에게 | 기다림 | 자전거 | 너를 사랑해 | Debug | 처음 같지 않은 마지막 | 좋을 텐데 | 느낌 | 뒷모습 | 내 모습은 | 진심 | 엿보다 | 보낸 후에 | 가까이… | Place | 짝사랑

04

사랑

페달에 발을 얹고

지그시 돌려 주면

어설픈 강내음이 코를 간지럽히고

흩날리는 머리카락을 쓸어 올리며

웃음 짓는 네가 있고

유유히 흩어지는 폭죽 소리를 들으며

속삭였던 사랑이 있던 그곳….

나를 스쳐 지나갔지

찰나(刹那).

아주 짧은 순간 동안을
우린 찰나라고 이야기합니다.
인생은 아주 짧은 순간들의 연속.
일련의 찰나가 모여
우리의 삶을 만들어 갑니다.

그 하나하나의 순간들을
가만히 들여다보면
또 다른 조그만 찰나들이 모여 있습니다.

144

당신도 그 찰나의 하나인가 봅니다.
당신이라는 찰나는
나와 함께한 시간들 속에 묶여진
수많은 찰나로 다시 나눠어집니다.

옷깃만 스쳐도 인연이라는데
우리는 인연이 아니었는지요.

지금 당신은 또 다른 누군가와
찰나를 만들어 가고 있겠지요.
당신을 잊기 위해서라도
누군가와 찰나를 만들어 가야겠습니다.

요즘도 같이 가던
커피향 가득한 그 카페에 자주 가는지.

아직, 너의 향기가 내 손안에 남아 있는 것 같아.
매일 아침 눈 비비며 일어나 찬물로 세수할 때면
내 손안에 네가 느껴져.

너도 내 생각나니?

보고 싶다
보고 싶다
넌 늘 나와 다른 곳을 바라봤지만
가끔 같은 곳을 바라봤던 기억들을 떠올리면
니가 너무 보고 싶다

전화를 걸까?
사랑한다고….

너에게

내가 했던 말들이
비수가 되어 너에게 다가왔니?
내가 원했던 것들이
부담스럽게 느껴졌던 걸까.
알잖아.
나 표현 잘 못하는 거.
알면서 이해 못한 거니.
조금 밉다.
니가 아주 조금 밉다.
내가 바랐던 건
니 마음을 반만큼만 여는 거였는데

그냥

아주 조금만이라도 널

알고 싶었던 것뿐이고

널 이해하려던 것뿐이고

사랑하고 싶었던 것뿐인데

그 마음 이젠 닫혀 버렸구나.

내가 다시 열 수는 없겠지….

기다림

여길 지나가 줘…
잠깐이라도, 스쳐 가는 모습이라도…
네가 보고 싶어…

자전거

페달에 발을 얹고
지그시 돌려 주면
어설픈 강내음이 코를 간지럽히고
흩날리는 머리카락을 쓸어 올리며
웃음 짓는 네가 있고
유유히 흩어지는 폭죽 소리를 들으며
속삭였던 사랑이 있던 그곳….

155

너를 사랑해

너의 움직임을 따라가고 싶어.
발자국 하나하나 세면서
네가 가는 곳으로 나도 가고 싶어…

내 앞에 있지 않아도
네가 갈 곳을 알고 싶고
네 목소리 들리지 않아도
무슨 말을 하는지 알고 싶어…

눈빛만 보고도
네 생각을 알고 싶고
옷차림만으로도
네 기분을 알고 싶어…

내 손을 포개어
따뜻한 마음을 느끼고 싶고
네 입술 위에서
널 조금 더 알고 싶어…

집착처럼 보일지 모르지만

⋯

⋯

⋯

⋯

널 사랑하나 봐⋯

Debug

다리가 저려 오고
가만히 서 있는 것도 이제 힘든 걸 보면
어디 다른 곳으로 가야만 할 것 같다….

행선지는 알 수 없지만
무작정 지금 이곳은 떠나야 할 거라는 생각에
마음이 앞선다.
모진 바람 속에 서서

한참을 고민하다, 큰 숨을 내쉰다.
이제 떠난다고
들어주는 사람 없는 공간에
큰 숨을 내쉰다.

무척이나 짜증스럽다.

어디서부터 잘못되기 시작한 건지
거슬러 올라가 보지만
이유를 알 수가 없다.

그냥 갑작스럽게 꼬인 인생.
머릿속 가득 거미줄로 엉켜 버린 기분.

하늘 가득하게 뭉게구름을 만들고
손끝 가득 매캐한 내음을 가득 담으면
그나마의 짧은 여유를 갖는다.

이내
없어질 짧은 여유지만
아주 잠깐 냉정을 되찾고
다시 고민을 시작한다.
어디서부터 잘못된 건지…
끊임없는 Debug…

갈아탄다!
다시 새로운 시작!
뭐 잊은 건 없는지…
내 인생의 유실물센터는
어디에…?

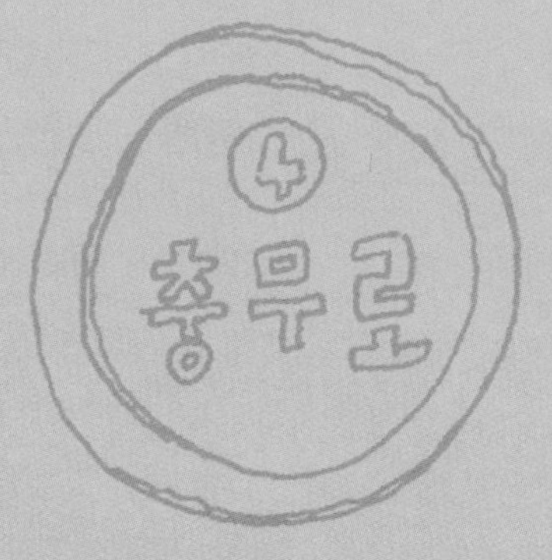
충무로

처음 같지
않은 마지막

그 사람만은 달랐으면 했습니다.

너무 많은 사람들이
시작할 때와 끝날 때 표정이 다릅니다.

애절하게 시작했던 그 순간처럼
마지막 순간까지도 내게 그렇게 대해 줬다면
이런 기분 느끼지 않았을 텐데….

당신도 역시 다른 사람과 다르지 않네요.
다르길 바랐던 내가 바보일지도 모르지만
사랑했기에, 사랑했던 사람이기에
다르길 바라는 건 당연한 거 아니었을까요…

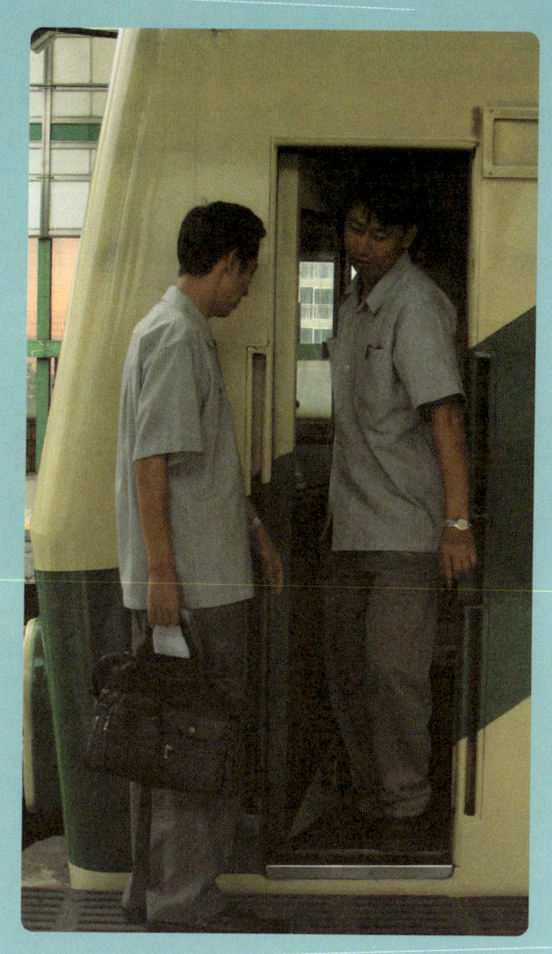

163

좋을 텐데

머릿속에 알코올이 가득 찼나 봐.
네가 있던 자리에 술잔을 올려놓고
투명한 액체를 아무리 부어 봐도
채워지지 않아.

세상이 자꾸 흔들려…
핏속으로 흐르는 술기운이 느껴져.
아무리 걸어 봐도, 아무리 뛰어 봐도
너한테 갈 수가 없나 봐.
오랫동안 걸어온 거 같은데
아직도 아무도 없는 길이야.
저기… 버스 정류장에
네가 있으면 좋을 텐데…

느낌

언제나 그랬듯이,
다시 혼자가 되어 버렸지만
아련하게 멀어져 가는 그녀의 모습을
가만히 눈을 감고 느끼려 애써 본다….
마지막 그 느낌을 잊지 않기 위해
애써 본다….

뒷모습

난 네게 그런 존재였나 보다.
잠시 동안의 장난감
네 만족을 위한 장난감
그 순간들은 나 역시 행복했지만
지금 순간들은 상처를 두드리는 과산화수소처럼
쓰라리고 아프기만 한걸.
내팽개쳐진 내 모습이
불쌍해 보일까 봐 추스린다.
추스리는 모습조차 안돼 보일까 봐

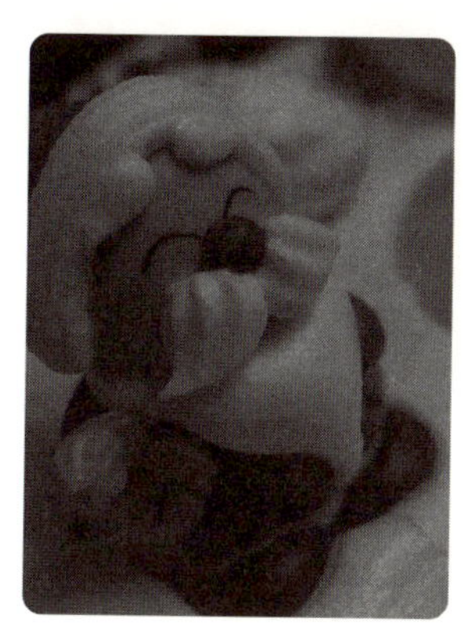

돌아서는 네 이름을 큰 소리로 불렀어.

또각… 또각…멀어지는

네 발걸음 소리는

내 마음을 못질하는 소리였어.

폭풍이 지나간 자리에 남겨진 것들처럼

내 마음은 네가 할퀴고 찢어 버려

너덜너덜한 누더기처럼 돼 버렸어….

허무하지 않으려고

슬퍼하지 않으려고 애써 보지만

의미 없는 발악,

또다시 이런 상처는 주지 마.
사랑이 그렇게 우습니.
누군가에게 또 이런 상처 줄 거라면
사랑이라는 말 꺼내지도 마.

이제, 나도
뒤돌아설 거야.
네 뒷모습 보이지 않게
내 눈물 보지 못하게
뒤돌아설 거야….

내
모습은

내가 이곳에 있는 동안의 모든 것들은
수없이 많은 또 다른 나를 만들어
사람들의 머릿속에 자리 잡아 간다….

누군가에게
조금이라도 좋은 모습으로 기억된다면
그것만으로 좋을 거라 생각했는데
인간의 욕심이란 끝이 없는 건지
가식적이더라도.

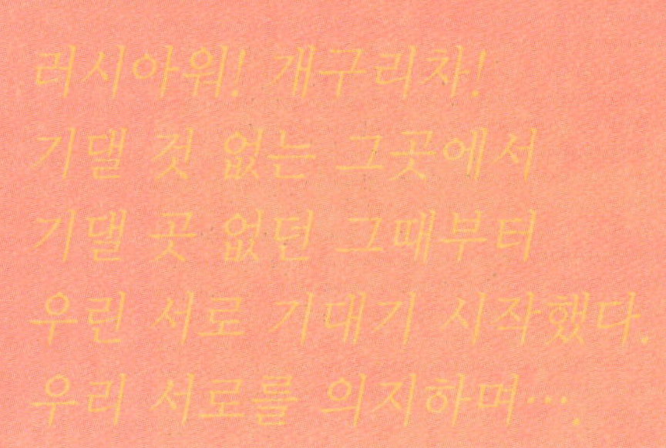

러시아워! 개구리차!
기댈 것 없는 그곳에서
기댈 곳 없던 그때부터
우린 서로 기대기 시작했다.
우리 서로를 의지하며….

진심

너로 인해 행복하고
즐거울 수 있고
세상 부러울 것 없이 지내지만
언제까지나 네가 있어 줄지
어느 날 홀연히
떠나는 건 아닌지 하는 생각에
한없이 걱정되는 날이 있어….

늦은 시간까지 속삭이는 전화 통화와
이른 아침 눈이 부어도
마냥 좋아하던 조조 뒤에
말없이 등돌리는 네 모습이
한없이 무서워서
움직일 수조차 없는 날이 있어….

꽤 오랫동안 같이 있었던 거 같은데
아직도 널 모르겠어.
무엇이 너의 진실이고
무엇이 너의 거짓인지
모르는 내가 바보인 건지
모르게 하는 네가 바보인 건지….

어디선가 봤던 글귀가 떠올라
"넌 가끔 내 생각하지
난 가끔 딴 생각해…."

177

엿 보 다

내가 여기 있다는 걸 알지 못하게
아주 조용히 시선을 모아 봤다.
기억 속에 내가 남아 있지는 않겠지만
내 머릿속엔 아직 지워지지 않았기에

바라볼 수밖에 없었다.
나라면 더 맛있는 걸 사 줄 텐데
내가 재미있는 것도 많이 보여 줄 텐데….
저 사람은 정말 재미없어 보인다.
그런데도 웃어 준다.

왜 웃어 주는지를 이해한다면
내가 저 자리에 서 있었겠지.
그래서 난 오늘도
조용히 보이지 않는 곳에서 바라본다.
내가 있다는 걸 알지 못하게…

보낸 후에

열차가 떠나고 비어 버린 플랫폼에 혼자 서 보았다.

내리 꽂히는 차가운 녹색 조명과

복잡하게 얽히어 있는 철조망 너머로

아직 네 체취가 남아 있는 것 같은데…

마지막이 아니지만

언제나 헤어지는 시간은 마음이 아파 온다.

내일 다시 네 얼굴을 보기 전까지

전화기 너머로 들려오는 네 작은 숨소리도

뭔지 모를 불안한 마음을 진정시켜 주진 못한다.

가슴 깊은 곳까지 무언지 모를 걱정이 엄습하는 것,

그래서 늘 곁에 두고 싶어하게 되는 게 바로

사랑인가 봐.

가까이···

어둑해진 골목길을 걷다 보면
휑하니 스쳐 가는 바람이 너무 싫다.
낙엽 뒹구는 골목에서 아무렇게나
주머니에 손을 찔러 넣고
쓰라린 가슴 간신히 가려 주는
옷깃 여미게 하는 바람이 싫다.

차가워진 새벽 길을 바쁘게 지나다
신문배달 아저씨의 오토바이 소리에
잠시 고개를 들고
허공에 흩어지는 입김을 손으로 지워 본다.
찬 공기를 입 안 가득 물었다가 깊게 뱉어 본다.
귓속을 적시는 나지막한 피아노 소리에
몸을 맡겨 본다.
일사분란하게 줄을 때리는 해머질의 환각에
내 몸을 던져 본다.
어떻게 해서도 채워질 수 없는 건
아직 네가 멀리 있다는 것 때문이겠지.
오늘 하루도 한 걸음 더,
네게 다가서기 위해 애써 봐야겠지.
만약, 너가 그 자리에 그냥 있어 준다면 말야.

아마도
세상의 모든 노래가
우리의 노래인 듯해.
이 세상을 우리 둘이,
둘이서 나누어 갖자!

Place

머무른다는 것은
늘 있었던 자리이지만
미처 알지 못했던 것들을 보는
소중한 시간이 됩니다.

내 주변을 둘러싸고 있는 많은 것들은
항상 같은 자리에 있지만
당연히 그 자리에 있는 것은 아닙니다.

바로 그곳에 있어야 어색하지 않고
그곳에 있음으로 인해
부분이 아닌 전체를 조화롭게 해 주기 때문이죠.
나 역시 그 어떤 자리에서,

내가 있어야 할 바로 그 자리에서
빛을 내야만
내 주변의 모든 것들이
조화로울 수 있는 것이 아닐까요?

내 자리를,
내가 있어야 할 곳을 잊고
지금 방황하는 건 아닌지
상념에 잠겨 봅니다.

187

짝사랑

주기만 했습니다.
어제도 그랬고
오늘도 그랬고
내일도 주기만 하겠지요.
알아주지 않더라도
그냥,
그렇게라도 주지 않으면
내 마음이 답답해서
견디지 못할 것 같았습니다.

하지만 이제는
더 이상 주지 않아도 될 것 같습니다.
옆에 있는 사람이
제가 주던 것보다
더 많이 주고 있으니까요.
그 자리에 내가 있었으면 좋았겠지만
뭐, 괜찮습니다.
날 대신해서 그 사람이 주고 있으니까요.
그렇게라도 행복해 하는 모습이
내겐 기쁨입니다.
마음 한켠은 쓰리지만
기쁨입니다.

ENTER

ENTER

[ordinary]

05

일상

세상 모든 걸 잊고
단지 내 몸 하나만을

생각하는 그 순간

아이러니하게도

그 순간이 가장 편안한

순간일지도 모른다.

피곤함

세상 모든 걸 잊고
단지 내 몸 하나만을 생각하는 그 순간
아이러니하게도
그 순간이 가장 편안한 순간일지도 모른다.

누구도
뭐라 하지 않고
무엇도
신경쓰지 않을 수 있으니까….

묵묵함

꼭 유기물질로 이루어져 숨쉬는 것만이 생명체는 아닌 것 같다.
생명체가 아니더라도 생명체와 똑같다면 그 역시 생명체.
내 몸속의 수억을 넘는 수많은 물질들과
천문학적인 숫자의 세포들이 만들어 내는 생각과 행동들.
우리가 그 세포가 되어 거대한 생명체를 움직여 본다.
알지 못하는 사이에 우리는 피가 되고 뼈가 되고 살이 된다.
알지 못하는 사이에….

스스로의 선택에 의한
목적에 서두름이 아닌
뭐랄까?
본능적으로
허겁지겁!

내 인생의 현위치

정신없이 흘러왔다.
내 발밑만 바라보면서
눈앞의 일들만 바라보면서
내 이기심에 무너져 간 모든 것들
독선과 아집에 상처받은 사람들….

주변의 모든 것들이
하나씩 둘씩 변해 가는 건
나의 과오겠지….

고개를 들어 하늘을 보고
시선을 멀리 던져 보면
내가 지금 서 있는 곳이 어딘지 알 수 있을까.
지나간 일을 용서받고 싶은데
나의 지금 위치가 어디인지 알 수가 없다.
난 지금 어디에 서 있는 걸까.

너무 멀리 와 버린 것 같다.
다시 다가가기 힘들 정도로
멀리 와 버렸나 보다.

내 인생의 현위치는 표류 중…·

거울 바라보기

아침에 일어나서 사람들 속에 뛰어들고
다시 그 사람들 틈에서 나오는 순간까지

사소한 것에 너무 민감해져 있는 건 아닌지
중요하지 않은 일에 정열을 낭비한 건 아닌지
보상심리에 가득 차 누군가를 핍박한 건 아닌지

거울이 없다면 유리창에 얼굴을 비춰 보자.
잔뜩 일그러진 표정을 짓고 있는 건 아닌지
내 얼굴을 잠깐 시간 내어 검사해 보자.

그리고 그 얼굴 그대로 사람들 틈에서 나오자.
작심삼일을 3일마다 반복하면,

어둠 속에서

거리를 밝혀 주던 네온사인이 하나 둘 꺼져 가고,
외롭게 선 가로등만이 드문드문 빛나는 시간이 되면
적막하다 못해 고요한 도시의 모습에
나도 모르게 숨이 막혀 온다.

까맣게만 보이는 하늘을 향해 크게 소리를 질러 보지만
돌아오는 건 머릿속을 가득 채운 알코올의 어지러움
그렇게 대답해 주는 이 없이 흩어지는 내 목소리.

골목 한켠에는 밤을 잊은 사람들이 또 다른 모습으로 변태하며
몸의 움직임으로 하루의 피곤을 이야기한다.

그렇게, 미친 듯이 온몸으로 이야기하면 조금 나아질까?

습한 바람이 얼굴을 때리는 벤치에 멍하니 앉아서 바라본다.
별도 보이지 않는 하늘을 바라보고
비틀거리는 그들을 바라보고
희미해져 가는 도시의 실루엣을 바라보고
무거워지는 눈꺼풀이 다시 발걸음을 옮기게 한다.

삶

종착지까지 가는 길도 너무 많고,
어디서 어떤 길을 가야 할지
선택하는 것 또한 늘 어려운 순간들이다.

목적지를 찾아 헤매는 내 모습이 왠지 처량하다.
하염없이 걸음을 옮기고, 길을 찾고 또 찾지만
조언해 주는 사람 하나 없이 복잡해지기만 한다.

그 길, 잘한 건지는 모르겠다.
멀리 돌아가는 길은 아닌지도 모르겠다.
그래도 내가 갈 곳을 찾을 수는 있을 거란 생각이 든다.
언제일지 모르겠지만
결국 찾을 수 있을 거라는 생각이 든다.

할머니~이!
다음 주말에 또 올게!
할머니 어서 들어가!
혼자도 잘 갈 수 있어!
전화할게!

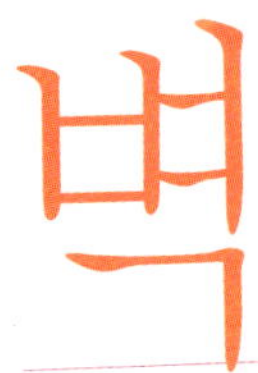

벽

때가 지나 버린 것 같습니다.
처음부터 그곳에 벽이 있었던 건 아닌데,
지금은 넘을 생각조차 할 수 없는
너무 높은 벽이 서 있습니다.
생각 없던 나의 말들이 벽돌이 되고
무책임한 행동들이 시멘트가 되었나 봅니다.
너무 높게 솟아 버린 당신과
나 사이의 벽을 어찌할 수가 없네요.

때가 지나 버린 것 같습니다.
조금 더 다정한 말을 해 줬어야 했는데,
사랑한다고 말 한마디 더 해 줬어야 했는데…
이제는 높이 올라가 버린 벽을 넘어
당신을 바라볼 힘조차 남아 있지 않은 것 같습니다.

보고 싶습니다.
벽 너머에 있을 당신의
마음을 한 번만 더 보고 싶습니다.
아주 오랜 시간이 걸릴지라도 단 한 번만이라도
더 당신을 보고 싶기에 이곳에서,
기다리겠습니다.

도시인

주욱 늘어서 있는 모습.
그 안에 내 모습이 있음을 알아차리면
갑작스레 우울함이 밀려든다.

똑같은 와이셔츠를 입고 당겨 맨 넥타이.
파티션으로 구획된 똑같은 공간에서
공장의 기계처럼 같은 일을 반복하고 있다.
창의보다는 순종을 원하는 공간.

12시가 되면 약속이나 한 듯
우르르 몰려 나간다.
쉴 새 없이 돌아가는 회전문으로
소나기 오듯 쏟아지는 사람들.
오늘도 오천 원짜리 칼국수를
물 마시듯 삼키고 돌아온다.

남은 일과를 습관적으로 마치고 나면
날 기다리는 깔끔한 폭탄주 한 잔.

무거운 발걸음을 옮겨
힘겹게 비틀거리며 집에 돌아오면
또 술이냐고 핍박하는 마누라,
술냄새 난다고 도망가는 아들,
이렇게 또 하루가 끝나 버린다.
잠깐 전원 스위치 끄고 눈을 붙여 본다.
내일 또 반복하려면
잠깐은 쉬어야겠지, CITIZEN.

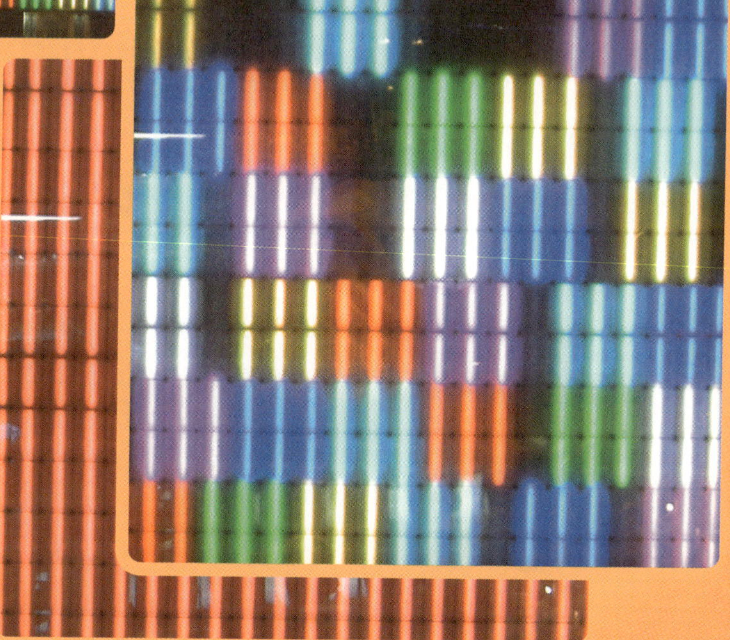

가끔은

러시아워 시간,
쉬러 들어가는 열차가 참 밉습니다.
바쁜 발걸음,
5분 더 기다리는 게 못내 아쉽습니다.

늦은 시각,
아르바이트를 마치고 지하철을 탔습니다.
잠실까지 가야 하는데 성수행 열차였습니다.

왠지, 뚝섬에서 내리고 싶어졌습니다.
비에 젖은 풍경이 눈을 사로잡습니다.
늦게 끝난 아르바이트가 참 고마워집니다.

이제 가끔은
성수행을 타고 뚝섬역에 내려야겠습니다.

아주 가끔은
행복은 먼 곳의, 다른 곳의
이야기만이 아닌 것 같아.
한 구간을 가는 동안에도
많은 행복을 목격할 수 있으니까!

ENTER

ENTER

종착역! or 시발역!

소화기
소화기